Princesse Zélina

L'évadé d'Ysambre

Bruno Muscat

Tout petit, il adorait se déguiser en chevalier et sauver les princesses avec son épée en plastique. Trente ans plus tard, Bruno Muscat est journaliste à *Astrapi.* Raconter des histoires est devenu son métier, et les châteaux forts le font toujours autant rêver.

Philippe Sternis est surtout connu pour ses bandes dessinées : il a publié ses premières planches en 1974 dans le journal *Record,* avant de créer d'autres séries pour Bayard Presse. En 2000, il a publié *Pyrénée,* chez Vents d'Ouest, qui a reçu de nombreux prix dont celui du festival de Creil.

BRUNO MUSCAT • PHILIPPE STERNIS

Princesse Zélina

L'évadé d'Ysambre

bayard poche

Royaume de
Montagnes Noires
Landes d'Ohr
Kertala
Royaume de Loftburg
Sévrougo
Schnitzel
Lac d'Émeraude

Noordévie
N
O
E
S
Baghora
Le château royal
Obéron
Forêt de Tildar
Ile d'Ysambre
Port-Duchesse

Prologue

La vie d'Altesse royale n'est pas toujours simple ! La princesse Zélina est bien placée pour le savoir… Non seulement elle est amoureuse de Malik de Loftburg, fils de l'ennemi juré de son père, le roi Igor de Noordévie, mais en plus sa belle-mère, la reine Mandragone, a juré sa perte. Aidée par Belzékor, un démon maléfique, la reine ne recule devant rien pour que son fils Marcel devienne l'héritier du royaume. Zélina réussira-t-elle une fois encore à déjouer ses sinistres complots ?

Une brume mystérieuse

En ce soir d'octobre, Port-Duchesse, la capitale de l'île d'Ysambre, semblait désert. Le froid vif, l'air humide et le pavé glissant avaient fini par décourager les rares passants qui s'étaient hasardés dans les rues.

Désert ? Pas tout à fait… En haut des remparts de la citadelle qui dominait la ville, une silhouette sinistre bravait le mauvais temps telle une horrible gargouille surgie du fond des âges. Mais cette gargouille était faite de chair et de sang : ceux de

Belzékor le démon, âme damnée de la reine Mandragone !

Le nabot souffla sur ses doigts.

– On se gèle ici ! maugréa-t-il. Heureusement que dans quelques minutes il fera nuit. Et alors…

Une immonde grimace déforma le visage de la malfaisante créature :

– Et alors, notre chère amie Zélina ne pourra plus échapper à son terrible destin !

Et le démon se mit à rire, d'un rire terrifiant qui fit trembler les pierres centenaires de la vénérable

prison. Les dernières lueurs du pâle soleil d'automne s'effacèrent à l'horizon. Le nabot fouilla dans sa poche et en sortit une étrange pierre gravée de figures grotesques.

– Allez, ce n'est qu'un mauvais moment à passer..., fit-il en la portant à ses lèvres.

Il goba le caillou avec difficulté. Un spasme violent le secoua tout entier. Ses yeux se révulsèrent. Possédé par les pouvoirs de la pierre, le démon ouvrit la bouche, et une brume opaque en sortit en volutes menaçantes...

Bientôt, cette brume maléfique recouvrit toute la ville. Elle s'immisça dans ses moindres recoins, s'accrochant aux toits et aux murs, tapissant jusqu'à l'intérieur des habitations. Le démon toussota et recracha la pierre. L'air glacé l'aida à reprendre ses esprits.

– Ouch… Je ne ferais pas ça tous les jours…

Puis, fermant les yeux pour mieux se concentrer, Belzékor posa les mains sur ses tempes velues et récita :

– Que cèdent cadenas, loqueteaux, pouciers et vertevelles,

Et qu'ainsi s'ouvrent toutes les serrures de cette citadelle !

Dans les entrailles de la prison, un déclic léger réveilla Aristidès Coquenpâte. Qui donc avait l'insolence de l'arracher à ce délicieux songe où la jeune Zélina rôtissait à petit feu ? Depuis que l'effrontée princesse l'avait démasqué et fait jeter au fond de cette geôle insalubre[1], ses nuits étaient peu-

[1] Voir le tome 6, *L'île aux espions :* Zélina démasque l'espion Coquenpâte sue l'île d'Ysambre.

plées de rêves de vengeance… Le terrible espion du roi du Loftburg bâilla avant de lancer :

– Oui ?

Personne ne répondit. Coquenpâte tourna la tête et découvrit avec effroi une épaisse brume qui envahissait peu à peu sa cellule. En un bond, il fut debout et se précipita vers la lourde porte pour y tambouriner de toutes ses forces en hurlant :

– Ouvrez-moi ! Par pitié, ouvrez-moi…

La porte céda sans résistance. Quelle était cette nouvelle diablerie ? Un piège ? L'espion fronça le sourcil. Cependant il eut beau tendre l'oreille, il n'entendit pas le cliquetis caractéristique qui accompagnait le moindre geste de ses gardiens. Coquenpâte se glissa hors de sa cellule en tâtonnant.

– Maudit brouillard ! On n'y voit pas à trois pas…, grommela-t-il en se cognant à une marche.

C'est alors qu'il comprit qu'il était libre ! Une onde voluptueuse l'envahit tout entier. Mais il ne devait pas s'attarder…

L'espion escalada quatre à quatre l'escalier qui menait à la cour de la citadelle. De loin en loin, des soldats s'interpellaient dans la pénombre ; mais aucun n'aperçut l'ombre qui se faufilait vers le pont-levis. Personne n'arrêta Coquenpâte lorsqu'il s'avisa de le franchir, et il disparut bientôt dans les ruelles de la ville…

D'un pas rapide, le fugitif descendit jusqu'au port, sauta dans une barque et largua prestement les amarres. En quelques coups de rames, Aristidès

Coquenpâte se fondit dans le bleu du lac d'Émeraude…

La brume se leva enfin. Au petit matin, le capitaine des gardes constata avec horreur que la cellule était vide. Au-dessus de la planche qui servait de lit au prisonnier, il lut, gravée dans la roche, une inscription qui le remplit d'effroi :

« MORT À LA PRINCESSE ZÉLINA ! »

Des préparatifs contrariés

À Obéron, les préparatifs de la fête nationale battaient leur plein. Le lendemain, 14 octobre, cela ferait exactement huit cent cinquante ans que le royaume de Noordévie était indépendant, et il convenait de donner à cet anniversaire tout le lustre qu'il méritait.

Pour la première fois, le roi Igor avait confié à sa fille Zélina la lourde tâche d'organiser la réception au château qui clôturait traditionnellement la fête, et la jeune princesse voulait que tout fût parfait.

– Dis-moi, Gâte-Sauce, que penserais-tu de dresser cette année un grand buffet plutôt que de préparer un repas servi à table ? Ainsi, chaque invité mangerait ce qu'il veut, et avec qui il veut…

– C'est une idée audacieuse, Votre Altesse… Mais que va dire la reine Mandragone ?

Zélina fit la moue :

– Oh, ma belle-mère… Si nous devions l'écouter, il n'y aurait même pas de réception… Alors, que pourrions-nous mettre sur notre buffet ?

Ce fut le moment que choisit un jeune page pour interrompre leur conversation :

– Votre Altesse, excusez-moi de vous déranger. Le roi demande à vous voir.

– Tout de suite ? Mais j'ai tant de choses à faire…

– Je crois que Sa Majesté vous attend avec le Conseil Royal au complet dans la salle du trône.

Le Conseil Royal ? Une ride inquiète barra le joli front de Zélina. La chose devait être grave. Alors qu'elle se hâtait dans les couloirs, une idée terrifiante lui traversa l'esprit : et si son père avait découvert la véritable identité de Malik, son amoureux ? S'il savait à présent que Malik était le fils du roi Otto de Loftburg, l'ennemi juré du royaume ? Malik n'était pas Otto, mais comment le faire comprendre à ces vieilles barbes du Grand Conseil ? Zélina se sentit défaillir au moment de se faire annoncer.

– Bien, bien... Entre vite et ferme la porte, ordonna Igor en frissonnant alors que Zélina, toute pâle, franchissait le seuil.

Tout le Conseil était réuni autour du roi. Il y avait là M. Juvénal, le fidèle Grand Chambellan, maître Fouziquet, l'austère intendant des Finances, l'énorme maréchal de Kérambole, le ministre des Armées, et l'élégant marquis d'Ayrac, celui des Affaires étrangères. Les cinq hommes arboraient des mines très soucieuses.

– Ma chérie, dit le roi, de terribles nouvelles nous arrivent aujourd'hui d'Ysambre...

Ysambre ? La princesse retint un soupir de soulagement. Il ne s'agissait pas de Malik ! Mais elle se ravisa aussitôt et pâlit. Ses grands-parents adorés vivaient sur l'île ; c'était à eux qu'il avait dû arriver quelque chose. Le maréchal s'éclaircit la voix :

– Hum, hum… Un messager est arrivé ce matin de Port-Duchesse. Il y a trois jours, ce félon de Coquenpâte s'est évadé de la citadelle, et personne ne l'a revu depuis…

Zélina soupira d'aise. Ce n'était donc que cela ? C'était simplement pour lui apprendre cette évasion que tout ce beau monde l'avait arrachée à ses préparatifs ? La jeune fille sourit à M. de Kérambole :

– Je vous fais confiance pour lui remettre rapidement la main dessus !

– C'est que… mes soldats font le maximum pour…, bafouilla l'homme.

– Ma fille, lança le roi, interrompant brutalement son ministre, si je t'ai demandé de nous rejoindre, c'est que nous avons de bonnes raisons de croire qu'il veut s'en prendre à toi !

– À moi ? souffla la princesse, incrédule. Mais pourquoi ?

– N'oublie pas que c'est à cause de toi qu'il se trouvait en prison !

Le roi se retourna vers M. de Kérambole :

– Maréchal, je vous ordonne de faire surveiller la princesse jour et nuit par vos meilleurs soldats. Et toi, dit-il à sa fille, je t'interdis plus que jamais de quitter le palais !

– Mais, Père…, protesta la jeune demoiselle.

– Il n'y a pas de « mais », trancha Igor avec une véhémence inhabituelle. Et vous, Maréchal, vous répondrez personnellement de la sécurité de ma fille !

Zélina devient rousse !

Quelques minutes plus tard, le château grouillait de soldats. Zélina ne put plus faire un pas sans qu'une escouade lourdement armée la suive comme son ombre. Cette surveillance de tous les instants ne tarda pas à lui peser. Elle s'en plaignit à Ambre, sa fidèle demoiselle de compagnie :

– C'est ridicule ! Tous ces soldats devraient être en train de chercher Aristidès Coquenpâte, au lieu d'essayer de me protéger !

Puis elle chuchota, désabusée :

– Je suis sûre que, s'il veut vraiment me tuer, toute cette agitation ne l'en dissuadera pas…

Les deux jeunes filles montèrent dans les appartements de la princesse. Là, au moins, elles pouvaient parler sans craindre les oreilles indiscrètes.

– Ambre, lança Zélina d'un ton décidé, il faut que je parle à Malik ! Après tout, Coquenpâte est un espion de son père, et il aura peut-être une idée de l'endroit où il se cache.

Hélas, la belle énergie de la princesse retomba vite :

– Mais on ne me laissera jamais le rejoindre…

Découragée, la jeune fille contempla tristement le feu qui brûlait dans l'âtre de son petit salon. Quand elle releva la tête, son regard mélancolique croisa celui de sa demoiselle de compagnie dans le grand miroir qui ornait la cheminée. L'œil d'Ambre se mit soudain à pétiller :

– À moins que… vous ne deveniez rousse comme moi !

Devant la mine interdite de sa maîtresse, elle lui exposa son idée :

– Mademoiselle, avez-vous encore cette poudre magique que vous avait offerte Yasmine[1], la fille du sultan d'Iskandar[1]?

– Tu veux parler de celle avec laquelle elle avait tracé de si jolis dessins sur nos mains ?

Zélina fouilla au milieu des flacons et des boîtes posés sur sa coiffeuse.

– Comment l'appelait-elle déjà ? Ah oui, voilà : du henné…

[1] Voir le tome 3, *La fille du sultan*

Se remémorant tous les gestes de la belle Yasmine, Ambre alla chercher de l'eau chaude aux cuisines et la versa sur la poudre, qui se transforma en une pâte soyeuse. Puis elle fit asseoir Zélina devant la cheminée, couvrit ses épaules d'un linge, défit ses nattes et, à l'aide d'une spatule en bois, appliqua soigneusement la pâte sur les longues mèches brunes de la princesse .

– Maintenant, il n'y a plus qu'à attendre que

tout cela soit bien sec…, décréta-t-elle quand elle eut terminé.

Une heure plus tard, Ambre rinça les cheveux de Zélina, les essuya, les tressa et les roula en chignon. Ils avaient maintenant de beaux reflets roux. Puis elle enleva son chapeau et le filet qui retenait ses cheveux, et en coiffa la princesse.

– Un petit peu de poudre de riz sur vos taches de rousseur, et c'est moi que l'on jurerait voir en ce miroir !

Zélina, un peu dubitative, se laissa faire. Avec un mouchoir devant le nez, dans la lumière incertaine du crépuscule, on pouvait s'y tromper… Et puis, avait-elle vraiment le choix ?

– Vite, échangeons nos robes ! ordonna Ambre en dégrafant ses boutons.

Quelques minutes plus tard, la princesse était prête. La main sur la poignée de la porte, elle fit ses adieux à son amie.

– Souhaite-moi bonne chance…

– Je resterai ici jusqu'à votre retour !

Dans le couloir, une première épreuve décisive attendait Zélina : elle croisa monsieur Belzékor, qui faisait sa ronde du soir.

– Bonsoir, mademoiselle Ambre, la salua le petit homme sans lui prêter plus d'attention.

– Snif… Bonchoir…, répondit la fausse Ambre, toute tremblante, le nez plongé dans son carré de dentelle.

Le démon se retourna, un peu surpris. Mademoiselle Ambre n'avait pas la même voix que d'habitude. Puis il haussa les épaules. « Ce doit être son rhume … », se dit-il en continuant son chemin. Zélina se détendit. Bientôt, profitant de la pénombre de cette fin d'après-midi, elle passa sans encombre la porte du château et se dirigea d'un pas décidé vers l'université.

Une visite inattendue

L'université d'Obéron se dressait non loin du théâtre, à quelques rues de l'Hôtel de Ville. Zélina connaissait bien les lieux. Quelques semaines plus tôt, elle y avait accompagné son père à la cérémonie d'ouverture de l'année scolaire, et Malik lui avait fait visiter l'auguste institution. La princesse n'eut aucun mal à trouver le jeune homme. Lorsqu'il l'aperçut, de l'étonnement mêlé d'inquiétude apparut sur son visage. Il s'éloigna de son groupe d'amis et se hâta à sa rencontre :

– Mademoiselle Ambre, mais que faites-vous ici ? lâcha-t-il, tout surpris.

Il reconnut alors les deux grands yeux couleur émeraude qui se levaient vers lui. Le bel étudiant manqua défaillir :

– Vous ?

Zélina lui posa un doigt sur les lèvres :

– Chut… Y a-t-il un endroit où nous pourrions discuter tranquillement ?

Sans un mot, Malik l'entraîna à l'étage et la conduisit dans un bureau désert. Zélina se jeta dans ses bras :

– Oh, mon Malik…

À cet instant, la porte s'ouvrit à la volée. Un « Pardon ! » sonore retentit dans la pièce alors qu'on la refermait tout aussi prestement. Malik éclata de rire :

– Après ça, il faut que je me prépare à un flot de questions indiscrètes de la part de mes camarades à propos de ma belle amie rousse ! Au moins, je suis certain maintenant qu'ils vont garder l'entrée et que nous ne serons plus dérangés…

Sa mine se fit plus grave :

– Mais je ne pense pas que ce soit uniquement pour me serrer dans vos bras que vous avez pris tous ces risques…

La princesse présenta en quelques mots la raison de sa visite. La terrible situation dans laquelle elle se trouvait bouleversa Malik.

– Il faut retrouver Coquenpâte avant qu'il ne s'attaque à moi ! acheva-t-elle.

Hélas, Malik n'avait guère de réconfort à lui offrir :

– Seul mon père sait comment contacter ses espions… Je pourrais me rendre à Schnitzel, notre capitale, et lui demander. Mais cela durerait des semaines et, en plus…

L'étudiant regarda ses chaussures avec gêne :

– … Je pense qu'il prendrait très mal la nouvelle de notre amour. Il me considérerait sans doute comme un traître et m'enfermerait à double tour pour m'interdire de vous revoir.

Accablée, Zélina baissa les yeux, elle aussi :

– Je vous comprends. Il en serait de même pour mon père… Qu'allons-nous faire alors ?

L'héritière du trône de Noordévie n'était pas du genre à se laisser abattre. Elle serra les poings et se redressa vers Malik :

– Puisque vous ne pouvez pas le faire vous-même, la seule solution, c'est que ce soit moi qui aille plaider ma cause devant votre père !

–Que lui direz-vous ? s'écria Malik

–Je lui ferai comprendre qu'en laissant Coquenpâte en liberté, il court le risque de provoquer une guerre entre nos deux pays. Il ne peut pas souhaiter cela ! s'enflamma Zélina.

Malik, un peu effrayé par la soudaine détermination de sa douce amie, ne sut quoi lui répondre. Mais comment comptait-elle se rendre à Schnitzel ? Avant qu'il ait eu le temps de lui poser la question, Zélina avait décollé le minuscule rond de taffetas qui ornait sa poitrine. Elle souffla sur le bout de son doigt, transformant la coquetterie en une petite mouche bourdonnante.

– Zig-Zag, vole vite chercher ma chère marraine la fée Rosette. Elle saura bien trouver un moyen pour m'emmener jusqu'au Loftburg !

La princesse ouvrit la fenêtre, et Zig-Zag disparut à tire-d'aile.

Zélina plaide sa cause

Virevoltante comme un papillon, Rosette ne fut pas longue à retrouver les deux tourtereaux. Elle manqua défaillir en découvrant sa filleule :

– Oh, ma chérie, qu'as-tu fait à tes cheveux ? C'est vraiment très laid !

Zélina tenta de lui raconter les événements de la journée, mais seule la coiffure de la jeune fille semblait préoccuper la petite fée.

– Tss, tss, tss… Je ne vais pas te laisser comme ça !

Avant que la princesse ne pût protester, la magicienne leva avec autorité sa baguette et en donna deux petits coups sur le crâne de sa filleule, en récitant :

– Par la barbe fleurie de Merlin l'enchanteur
Que ces nattes retrouvent leur jolie couleur !

Rosette recula un peu et admira son œuvre :

– Hmm, c'est mieux ainsi… Alors, mon chou, tu aimerais que je t'emmène à Schnitzel sur l'heure ? Mais c'est une tornade qu'il te faudrait !

La fée se gratta la tête :

– Une tornade ? Et pourquoi pas !

Tout excitée, Rosette attira Zélina près de la fenêtre :

– Oui… Ici, ce sera bien !

Malik traça à la hâte le plan du château de son père, qu'il confia à sa princesse avec ses dernières instructions :

– Quand vous serez au château de Schnitzel, demandez à ma sœur Isild, que vous connaissez bien[1], de vous introduire auprès du roi ! Grâce à ce

[1] Voir tome le 7, *Le poignard ensorcelé* : Zélina fait la connaissance de la sœur de Malik.

parchemin, vous n'aurez aucun mal à la retrouver...

– Attention, ça va secouer ! lâcha Rosette avant de se mettre à tournoyer de plus en plus vite autour de Zélina.

– Rendez-vous à minuit à côté de la fontaine du Val d'Argent, cria Zélina.

– J'y serai ! hurla Malik.

Peu à peu, un mur de vent en furie entoura la jeune fille affolée, qui sentit bientôt le tourbillon arracher ses pieds au plancher.

– C'est parti ! rugit Rosette.

– Adieu, mon Malik..., gémit la princesse.

La grande aiguille de l'horloge du beffroi d'Obéron n'avait pas fait un tour que déjà la tornade déposait Zélina sur le toit du donjon du château de Schnitzel. Malgré le vertige, l'opiniâtre princesse se mit aussitôt à la recherche d'Isild. Grâce au plan de Malik, elle retrouva sans peine son amie. Isild comprit tout de suite la gravité de la situation et conduisit Zélina dans le bureau de son père.

Par bonheur, Otto de Loftburg s'y trouvait seul, assis à sa table de travail. Le feu qui crépitait dans la cheminée découpait l'ombre auguste du roi sur les hauts murs lambrissés.

– Ma fille, vous avez demandé à me voir ?

– Oui, Père… J'ai avec moi quelqu'un qui a fait un long voyage dans l'espoir de vous rencontrer. Puis-je l'introduire ?

Otto fronça le sourcil :

– Une visite ? À cette heure ?

Le roi regarda avec circonspection Zélina, qui s'avança de quelques pas alors qu'Isild se retirait. La princesse s'inclina avec respect.

– Puis-je vous demander de me dire qui vous êtes, Mademoiselle ?

– Majesté, les circonstances ont fait que nous ne nous sommes, hélas, jamais rencontrés. Je suis la princesse Zélina, la fille du roi Igor de Noordévie.

Otto resta imperturbable ; mais Zélina avait bien noté qu'un éclair de stupéfaction vite maîtrisé avait traversé les yeux du monarque.

– Altesse, si je viens à vous, c'est qu'une épouvantable menace plane sur nos deux pays et que vous êtes la seule personne à pouvoir m'aider à l'éloigner !

« Cette jeune fille ne manque pas de courage ! » songea Otto.

– Les griefs entre nos deux royaumes sont importants…, bougonna-t-il en pensant à la riche province du Kertala, objet de discorde entre son pays et la Noordévie.

– N'en ajoutons pas de nouveaux, lui répondit Zélina… Vous devez savoir qu'Aristidès Coquenpâte vient de s'évader de la citadelle de Port-Duchesse…

Le roi ne cilla pas à l'évocation de son espion.

– Et en quoi cela me concerne-t-il ?

Zélina ne releva pas. Au contraire, elle continua :

– Mon père et le Grand Conseil de Noordévie disent que cet individu a juré ma mort. Et moi, je pense que vous seul pouvez encore l'arrêter.

– Vous avez tort de croire cela ! lâcha Otto sèchement.

La jeune fille vacilla, mais elle ne céda pas.

– Si je meurs de sa main, alors ce sera la guerre entre nos deux pays, une guerre impitoyable dont personne ne sortira vainqueur…

Soutenant le regard d'acier d'Otto, Zélina ne se démonta pas :

– Et je suis sûre que vous ne voulez pas de cette guerre…

Le roi réfléchit un instant. Était-il prêt, pour la liberté d'un espion, à s'engager dans un conflit meurtrier et sans issue ?

– Je ne suis pas en mesure d'arrêter Coquenpâte,

je n'ai jamais su où il se terre. Tout ce que je peux faire, c'est vous aider à le retrouver.

Otto se dirigea vers sa bibliothèque. Il appuya sur l'un des montants sculptés. Un pan entier d'étagères s'effaça, dégageant un pigeonnier caché dans l'épaisseur de la muraille. Des roucoulements envahirent la pièce.

– Le seul lien que j'aie avec Coquenpâte, ce sont ces colombes. Je vous en donne une : elle vous mènera peut-être à son maître…

Le roi enferma l'un de ses oiseaux dans un petit panier d'osier, qu'il donna à Zélina.

– Dépêchez-vous de rentrer à Obéron…, la pressa-t-il en la raccompagnant. Le temps joue contre vous.

– Majesté, je ne saurai jamais comment vous remercier.

– En restant en vie, Mademoiselle. Simplement en restant en vie !

Promenade nocturne

De retour sur le donjon, Zélina fit ses adieux à Isild ; puis la tornade la ramena dans la cour du château d'Obéron. Sitôt le tourbillon retombé, la princesse se dirigea d'un pas décidé vers les écuries.

L'ombre de la nuit recouvrait maintenant le château et la ville. Çà et là, des feux bienfaisants rassemblaient autour d'eux des grappes de soldats affamés et transis. Personne ne fit attention à la jeune fille. Zélina saisit sa selle et sa bride, entra dans la stalle de Paprika, son poney, et le harnacha rapidement. Alors que le petit cheval s'ébrouait joyeusement, elle sauta sur son dos, se cala dans ses étriers et posa le précieux panier d'Otto de Loftburg devant elle.

– Mon Paprika, que dirais-tu d'une petite balade au clair de lune ? glissa-t-elle à l'oreille de son fidèle ami.

Paprika s'ébroua de nouveau. Il adorait que sa jolie maîtresse l'emmène en promenade !

« Le plus dur, ça va être de sortir de là ! » pensa Zélina.

Une soudaine agitation secoua les rangs des soldats en faction au pied du mur d'enceinte. Une carriole lourdement chargée venait de s'arrêter sous la herse, et les sentinelles avaient entrepris de la fouiller. D'un pas nonchalant, Paprika arriva devant la porte. Une main se leva :

– Qui va là ?

Zélina se présenta et demanda à quitter le château. La sentinelle rechigna.

– Votre Altesse, je suis désolé, mais j'ai des ordres…

La jeune fille, qui n'aimait pourtant pas mentir, tenta de faire pression :

– Mon père m'a autorisée à me rendre au chevet d'une de mes amies qui est malade. Il ne vous a pas fait prévenir ?

Le soldat ne mordit pas à l'hameçon.

– Je m'excuse, je ne peux pas vous laisser passer. Il faut que j'en réfère à mon chef…

La demie de onze heures sonna au beffroi d'Obéron. La reine Mandragone apparut sur le perron du château. Alors qu'elle demandait d'une voix courroucée à la princesse pourquoi elle n'avait pas assisté au dîner, Zélina décida de jouer son va-tout.

Elle fit faire un arc de cercle à Paprika et s'approcha au pas du grand escalier de la demeure royale.

– Princesse, je vous en prie ! Est-ce vraiment une heure pour faire de l'équitation ? glapit la reine.

Lorsque sa monture fut au pied de l'escalier, la main droite de la cavalière tira brusquement sur ses rênes, et le petit cheval fit demi-tour.

– Mon pauvre Paprika, je suis désolée…

Et, pour la première fois, Zélina éperonna son fougueux destrier. Surpris, celui-ci s'élança au grand galop vers la porte.

– Allez, vas-y… Montre-moi ce dont tu es capable !

Au dernier moment, la princesse ramena d'un coup sec les rênes contre sa poitrine. Paprika comprit le message et bondit de toutes ses forces au-dessus de la carriole. Ses sabots effleurèrent les jambons et les saucissons dont elle était chargée, mais, fort heureusement, sans rien accrocher. Il atterrit lourdement sur le pont-levis. Le choc fut

rude ; Zélina resta pourtant en selle.

– Bravo, mon Paprika ! Et, maintenant, emmène-moi vite à la fontaine du Val d'Argent, où nous attend Malik !

Alors que Zélina et Paprika disparaissaient dans la nuit, Mandragone resta un moment interdite. Puis elle hurla :

– Décidément, cette petite peste est de plus en plus effrontée !

À la poursuite de la colombe

Malik était au rendez-vous à la fontaine du Val d'Argent. Zélina sauta de sa monture et se jeta dans les bras de son bel étudiant.

– Quelle soirée ! lâcha-t-elle.

En quelques mots, la princesse raconta sa visite à Schnitzel et son évasion hardie du château de son père. Puis elle délivra la colombe de sa prison d'osier en soulevant le couvercle.

– Va… Conduis-nous à ton maître !

La colombe pointa son bec hors du panier,

regarda les jeunes gens d'un air légèrement intimidé et s'envola sans demander son reste.

– En selle ! commanda Zélina avec autorité. Il ne faut pas qu'on la perde de vue !

Les deux amoureux sautèrent sur le dos de Paprika. Malik passa ses bras autour de la taille de la princesse et se serra tout contre elle. Zélina sentit le souffle chaud de l'élu de son cœur lui caresser la nuque et, malgré les circonstances dramatiques, elle en frissonna de plaisir. La colombe fit quelques tours hésitants dans le ciel étoilé, semblant un instant chercher son chemin. Puis, d'un coup d'aile décidé, elle obliqua vers l'est.

– Vite, s'exclama Malik. Elle fonce vers la forêt de Tildar !

Zélina pressa fermement de ses talons les flancs de Paprika, qui partit au galop. Malik, le nez dans le vent, ne quittait pas la colombe des yeux. Celle-ci vola droit devant elle sans changer de cap. Une fois à la lisière de la forêt, elle perdit de l'altitude, piqua vers la cime des arbres et disparut soudain.

Le sous-bois devint trop dense pour que les cavaliers puissent continuer leur poursuite à cheval, et ils mirent pied à terre. Zélina attacha Paprika à un arbre. Le poney poussa un petit hennissement déçu, et son amie lui flatta l'encolure :

– Désolé, mon Paprika, tu ne peux pas nous accompagner plus loin. Attends-nous bien sagement, nous ne serons pas longs…

– Je pense qu'il faut passer par là ! déclara Malik en indiquant un discret sentier qui s'enfonçait dans les taillis.

Il s'y engagea sans une hésitation, suivi de près par Zélina. Tous deux progressèrent avec difficulté entre les buissons de ronces, à la seule lumière d'un maigre croissant de lune. Au bout de quelques minutes, ils atteignirent l'orée d'une petite clairière, au centre de laquelle se dressaient les ruines d'un pigeonnier.

– Regardez ! dit Malik à voix basse en pointant une tache claire posée sur la pierre noire. Notre petite amie est de retour chez elle pour retrouver son maître ! Courons vite donner l'alerte aux soldats de votre père…

– Pas tout de suite, l'arrêta Zélina. Je veux d'abord savoir si l'autre oiseau est encore dans son nid !

Hélas, le nid était vide… Le dangereux espion avait déserté son repaire. Cependant des bûches tièdes dans la cheminée et le numéro du jour de *La Gazette d'Obéron* témoignaient de sa présence récente dans cet antre sinistre.

– On comprend qu'il soit parti, marmonna Malik en secouant la boue rouge et grasse de la clairière qui avait recouvert ses chaussures. Cet endroit n'est pas très accueillant…

Zélina frémit :

– Accueillant, peut-être pas. Mais discret, certainement ! Et tout près de la ville… Cela ne me dit rien de bon.

La princesse regarda tristement le portrait du Maréchal de Kérambol, le ministre des Armées, qui s'étalait à la une de *La Gazette*.

– Rentrons, mon amour, murmura-t-elle. Ce pigeonnier me donne la chair de poule…

La soirée de tous les dangers

L'heure de la grande réception approchait. Dans les appartements princiers, Ambre aidait Zélina à se préparer. Mais la fille du roi Igor n'avait plus du tout goût à la fête…

La pauvre avait eu beaucoup de mal à trouver le sommeil après être rentrée bredouille de la forêt de Tildar. Comme si cela ne suffisait pas, elle avait dû essuyer au déjeuner les remontrances de la reine Mandragone sur son comportement cavalier de la veille. Mais, surtout, depuis ce matin, la princesse sentait la peur monter en elle, lentement mais sûrement…

Ambre essaya bien de réconforter son amie. Elle déclara avec assurance qu'il était quand même peu probable que l'infâme Coquenpâte osât s'attaquer à la princesse, dans le palais de son père, au beau milieu des soldats du maréchal de Kérambole.

– D'ailleurs, je suis sûre que, d'ici quelques jours, cet affreux individu croupira de nouveau dans les geôles de Noordévie, et il regrettera amèrement de s'être ainsi évadé !

– On voit bien que ce n'est pas avec toi que ce monstre joue au chat et à la souris…, maugréa Zélina.

La gracieuse princesse finit de s'habiller sans enthousiasme. Ni sa sublime robe d'organdi brodée d'or et rehaussée de dentelles aériennes, ni les charmants souliers de satin assortis, ni même le grand collier de rubis de sa mère la reine Mathilde, que son père l'avait autorisée à porter pour l'occasion, ne lui rendirent le sourire. Et ce fut une jeune fille morose qui fit son entrée dans la Galerie des Glaces du château d'Obéron.

– Son Altesse Royale la princesse Zélina ! annonça le héraut.

Les regards des invités du roi convergèrent vers elle. En temps normal déjà, Zélina détestait être le centre de toutes les attentions, mais aujourd'hui c'était pire encore ! Pourtant, elle devait bien se forcer à sourire à tous ces gens qui s'inclinaient avec cérémonie devant elle. La présence tonitruante du

maréchal de Kérambole, comme toujours très sûr de lui, ne contribua pas vraiment à la tranquilliser. Et encore moins le rictus satisfait de monsieur Belzékor, l'inquiétant conseiller de sa belle-mère… Malgré tout, Zélina réussit à ne rien laisser paraître de son trouble et fit semblant de s'intéresser aux conversations futiles des hôtes de son père :

– Je suis d'accord avec vous, Madame de Sévignac : nous n'avons pas eu d'arrière-saison cette année !

– Ah, Comte de Chamoisine ! On m'a dit que vous reveniez d'un long voyage à l'étranger ? Racontez-moi tout…

Tout en devisant avec les uns et les autres, la princesse restait sur ses gardes, ne pouvant s'empêcher de guetter les visages inconnus ou les gestes incongrus. Soudain, elle sentit un objet froid s'enfoncer dans ses côtes…

Les nerfs de Zélina lâchèrent d'un coup et elle poussa un hurlement terrible… avant de découvrir que cet objet n'était autre que la pointe en métal du

fourreau de l'épée de son demi-frère Marcel ! Ce maladroit, qui faisait le joli cœur en enchaînant les courbettes ridicules devant deux ravissantes marquises, ne s'était pas rendu compte qu'il reculait vers sa sœur la rapière levée…

– Espèce d'idiot ! éclata Zélina, toute tremblante. Tu ne pourrais pas faire attention ? Tu as bien failli m'embrocher !

Rouge de confusion, Marcel battit en retraite sous le regard amusé des deux jeunes femmes alors que la voix du héraut retentissait de nouveau dans la galerie :

– Monsieur Malik Loft, de l'université d'Obéron.

Cette nouvelle mit du baume au cœur de la princesse. Son invité le plus attendu était enfin arrivé !

Complots autour du buffet

Les deux amoureux se saluèrent sans effusions excessives : les sentiments qui les unissaient devaient rester discrets. Mais la simple présence de Malik et son beau regard qu'elle croisait aussi souvent que possible suffirent à la rasséréner un peu.

En parfaite hôtesse, Zélina ouvrit avec son père le magnifique buffet que Gâte-Sauce avait dressé dans le grand salon bleu. Ce fut un succès !

Jambons au miel et aux herbes, sangliers farcis

aux champignons des bois, poulardes truffées, succulents pâtés de lièvre et de perdrix, saumons en croûte feuilletée, flans d'asperge et de potiron, pains surprises, entremets et blanc-manger au lait d'amande en dessert : le cordon-bleu du château s'était encore surpassé, et chacun apprécia la liberté de s'installer à la table de son choix après s'être fait servir. Seule la princesse n'avait pas faim. Son estomac était tellement noué qu'elle était incapable d'avaler quoi que ce soit.

Dans son coin, Mandragone tentait désespérément de refréner la gloutonnerie de Belzékor, qui se hâtait de dévorer le contenu de son assiette pour pouvoir aller se resservir. La reine leva les yeux au ciel, excédée : elle savait que cette histoire de buffet était une mauvaise idée !

– Belzékor, je vous en prie, tenez-vous ! Vous me faites honte…

Mais Belzékor fit la sourde oreille et attaqua une cuisse de poulet en jubilant :

– Madame, je fête notre victoire à venir !

Leur victoire ? Mandragone le regarda sans comprendre. Le démon s'essuya la bouche sur sa manche et demanda à sa maîtresse de daigner se baisser jusqu'à lui. Affectant l'indifférence, il chuchota à son oreille :

– Ah oui, c'est vrai… Je ne vous l'ai pas dit, mais c'est moi qui ai fait évader Coquenpâte ! Et mon petit doigt crochu me dit que c'est ce soir qu'il va passer à l'action !

La reine se releva d'un coup et regarda le diabolique nabot avec émerveillement. Y avait-il donc du génie dans ce petit corps difforme ?

Alors que tout le monde se pressait autour du buffet, Zélina s'éloigna de la foule. Seule dans l'encoignure de l'une des fenêtres de la Galerie des Glaces, elle regardait avec angoisse le jardin plongé dans le noir.

« Je sais que tu es là, tapi dans l'ombre, prêt à me frapper…, songeait-elle. Mais où te cachestu ? »

Un mouvement furtif derrière elle la fit sursauter. Elle se retourna et reconnut la silhouette massive du maréchal de Kérambole.

– Maréchal, fit-elle soulagée, je n'ai jamais été aussi contente de vous savoir à mes côtés !

– Vraiment ?

Une lueur étrange traversa les yeux de l'homme. Zélina se figea... et elle comprit : c'était Coquenpâte !

– Vraiment ? répéta celui-ci en tirant lentement un stylet effilé caché dans sa manche.

Zélina voulut crier, mais aucun son ne sortit de sa bouche. Elle était comme pétrifiée. Le corps immense de l'infâme espion la dissimulait aux invités. La pointe acérée du stylet se posa sur la jolie robe d'organdi.

– Cette lame est si fine que personne ne pourra soupçonner que je l'ai plantée dans votre petit cœur d'artichaut. Après, ce bon maréchal n'aura plus qu'à dire que vous avez eu

un malaise, et il s'éclipsera discrètement…

Le poignard s'enfonça légèrement dans le tissu ; pas assez toutefois pour le percer. Aristidès Coquenpâte ricana doucement :

– Rassurez-vous, ce sera bref, et vous ne sentirez rien…

À cet instant, un bruit mat fit taire l'impitoyable assassin. Les yeux du félon s'écarquillèrent de surprise avant de se brouiller, et sa bouche se tordit en une drôle de grimace. Tout doucement, Coquenpâte s'effondra aux pieds de la princesse,

laissant apparaître Malik, qui tenait un lourd chandelier d'argent.

– Ça va, mon amour ? Vous n'avez rien ?

– N… non…Je… je ne crois pas, balbutia Zélina en portant la main à sa poitrine. Mais… comment avez-vous deviné ?

– Regardez ses souliers !

Zélina baissa la tête et découvrit les brodequins de Coquenpâte. Ils étaient couverts de taches de boue, de la même boue rouge que celle qui entourait le colombier de la forêt de Tildar !

Bouquet final !

Le roi et sa suite accoururent, scandalisés par le lâche attentat qui venait de frapper le ministre des Armées. Mais, déjà, avant que les gardes n'aient eu le temps de le saisir, Malik s'était penché sur le corps inerte de l'agresseur de Zélina et avait arraché sa fausse barbe et son nez en cire. Igor fut bien obligé de se rendre à l'évidence : c'était bien le misérable Aristidès Coquenpâte qui gisait à ses pieds, et non l'honorable Ignace de Kérambole !

Lorsque l'espion reprit connaissance, il se trouvait solidement ligoté. Le traître tenta désespérément de se libérer, mais l'un des soldats qui l'entouraient l'immobilisa.

– Grr ! grogna Coquenpâte. Quelle déveine ! Il s'en est fallu de peu que je réussisse à me venger ! Mais, comme je chausse quatre pointures de plus que cet imbécile de maréchal, j'ai bien été obligé de garder mes chaussures…

Encore chancelante, sa petite victime s'était réfugiée dans les bras de son père.

– Et qu'avez-vous fait de mon ministre ? gronda le roi en foudroyant l'espion du regard.

– Oh, ne vous en faites pas pour lui… Je l'ai simplement réduit au silence au moyen d'un puissant somnifère. Il est enfermé au milieu des dentelles et des parfums dans l'armoire de sa chambre, au ministère des Armées !

– Eh bien, que l'on vous enferme, vous aussi, et dans le cachot le plus nauséabond d'Obéron !

Le prisonnier fut emmené sur-le-champ.

Au moment de passer la porte, il se retourna en grimaçant vers la princesse et rugit :

– Mademoiselle Zélina de Noordévie… Nous nous retrouverons !

Bouleversée par les événements de la soirée,

Zélina se sentit prise de vertige. Elle porta la main à son front :

– Père, je ne me sens pas très bien… M'en voudriez-vous si je me retirais dans mes appartements pour me reposer ?

– Mais non, mon trésor… Après toutes ces émotions, je pense que c'est en effet plus sage.

Déçu, Malik regarda sa princesse disparaître dans un doux murmure de soie froissée. Il se retrouva tout à coup bien seul, même si les invités d'Igor se pressaient autour de lui pour le féliciter. Heureusement, les premières fusées du traditionnel feu d'artifice commencèrent à exploser, et tout le monde l'abandonna pour se précipiter sur la terrasse. Cette fête étant devenue bien fade sans Zélina, le jeune prince s'apprêtait à prendre congé. Soudain, une main le retint par la manche :

– Vous nous quittez déjà ?

Ambre fit signe à Malik de la suivre :

– Il y a là-haut quelqu'un qui désirerait vous remercier…

La petite demoiselle de compagnie entraîna Malik à travers les couloirs jusqu'au grenier et à un petit vasistas dans le toit du château, ouvert en grand.

– Elle est à côté de la grande cheminée. Elle vous attend…

Sans se faire prier, le jeune homme se hissa sur les ardoises froides. Assise sur une épaisse couverture, Zélina lui sourit :

– Venez vite me rejoindre, mon sauveur…, murmura-t-elle en lui tendant la main. Ici, personne ne nous dérangera…

Quand Malik se fut assis, la princesse se serra contre lui. Elle posa son visage sur son épaule, et les corolles multicolores des explosions illuminèrent leurs yeux amoureux.

– Ma chérie, votre joue est toute chaude, s'inquiéta le fils d'Otto de Loftburg. Vous avez de la fièvre ? Ou peut-être est-ce le contrecoup de cette terrible soirée ?

Zélina se pressa un peu plus contre son bel étudiant alors qu'un somptueux bouquet final embrasait le ciel d'Obéron.

– Rassurez-vous, mon amour…

La princesse prit la main du jeune homme et la posa doucement sur sa poitrine :

– Je crois que… c'est simplement mon cœur qui bat plus vite quand vous êtes près de moi !

Dans la même collection

Troisième édition

Auteur : Bruno Muscat. Illustrateur : Philippe Sternis
Couleurs : Franck Gureghian. Illustrations 3D : Mathieu Roussel.
D'après les personnages originaux de Édith Grattery et Bruno Muscat

18, rue Barbès, 92128 Montrouge Cedex

ISBN : 978-2-7470-1590-5
Dépôt légal : juin 2005
Loi 49 956 du 16 juillet 1949 sur les publications destinées à la jeunesse

Imprimé par Pollina, France - n° L51003